이 책은,
100층까지 높이 올라가는 기분을 아이들이 최대한 즐길 수 있도록
책을 위로 진행하면서 읽을 수 있게 만들어져 있습니다.
100층까지 오르는 동안 1에서 100까지 숫자를 익히는 동시에
여러 가지 동물들의 특징과 생태까지 알 수 있어
읽는 재미를 한층 더해 줍니다.
그럼 , 이제 함께 떠나 볼까요?

100-KAI DATE NO IE (A House of 100 Stories)

Copyright ⓒ 2008 by TOSHIO IWAI
First published in Japan in 2008 by KAISEI-SHA Publishing Co., Ltd.
Korean translation rights arranged with KAISEI-SHA Publishing Co., Ltd.
through Japan Foreign-Rights Centre / Shinwon Agency Co.
Korean translation copyright ⓒ 2009 by BOOK BANK Publishing Co.

100층짜리 집

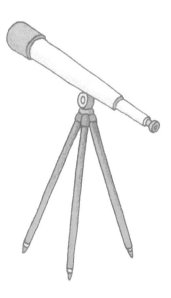

글·그림 이와이 도시오

옮김 김숙

별을 바라보는 걸
좋아하는
도치라는 아이가
있었습니다.
어느 날, 도치에게
이런 편지가 왔어요.

나는 100 층짜리 집
꼭대기에 살고 있어.
우리 집에
놀러 오지 않을래?

여기야.

"누가 보낸 거지?
응? 100층짜리 집
이라고?
재미있겠는걸."
도치는 그 집에
가 보기로 했습니다.

지도를 보면서 숲 속을 걸어가는데 갑자기 눈앞에
커다란 집이 툭 나타났습니다.
"아, 바로 여기네!
지금까지 없었는데 언제 생겨났지? 참 이상하다."
올려다보아도 위쪽은 가물가물, 잘 보이지 않았습니다.

"와, 정말 높다.
어쨌든 들어가 보자!"

도치는
주저주저하며
층계를
올라가기
시작했습니다.
어? 여긴
생쥐들
집인가?

"누구 안에
계세요?"
아무리
기다려도
대답이
없었습니다.

이윽고
도치는
10층까지
올랐습니다.

"안녕?
100층
꼭대기에
가려고
하는데
좀
지나가도
될까?"
"그럼,
되고말고!"

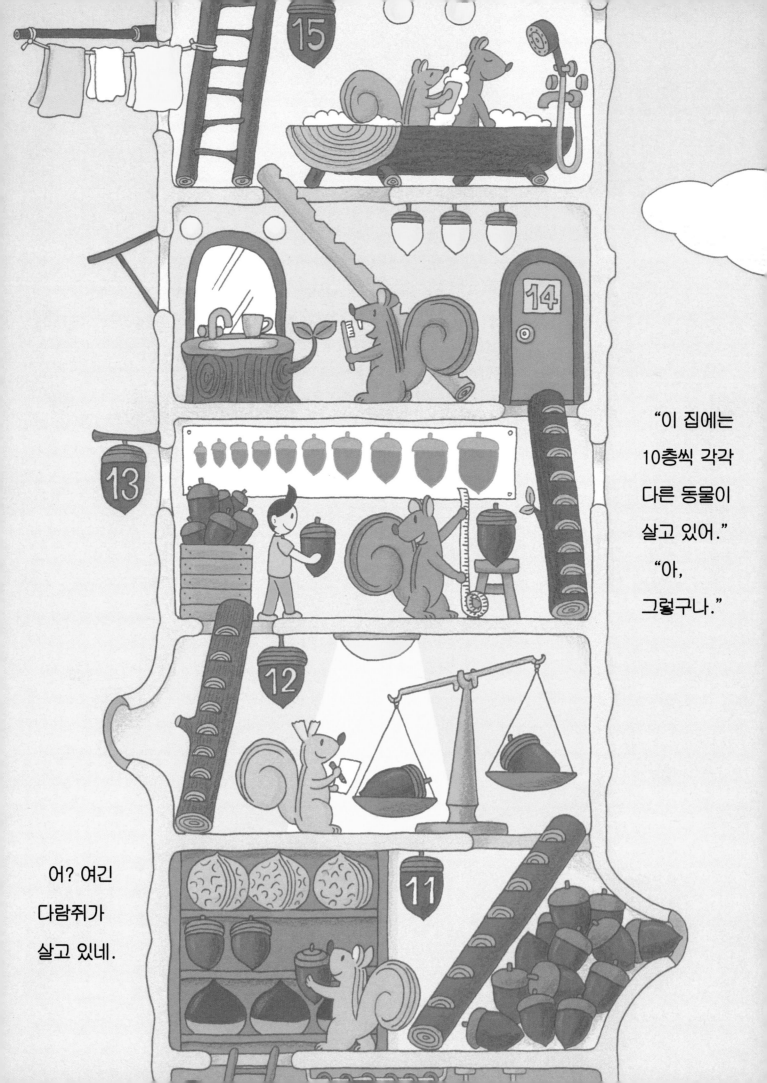

"이 집에는
10층씩 각각
다른 동물이
살고 있어."
"아,
그렇구나."

어? 여긴
다람쥐가
살고 있네.

20층까지
올랐습니다.
다음 층에는
누가 살까요?

"도토리 주스
한 잔 마실래?"
"읍, 주스가
왜 이렇게 써!"

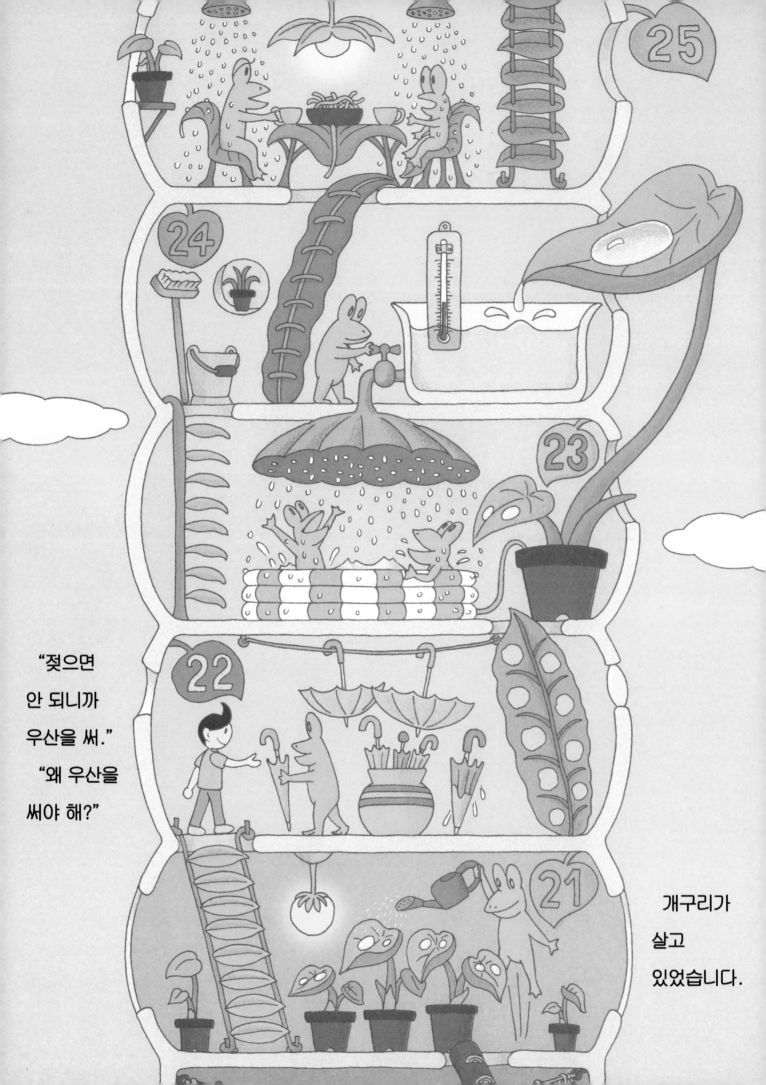

"젖으면
안 되니까
우산을 써."
"왜 우산을
써야 해?"

개구리가
살고
있었습니다.

30층까지
올랐습니다.
다음 층에는
누가 살까요?

"집 안인데
비가 오네?"
"우린
이슬을 모아
목욕을 해."

40층까지
올랐습니다.
다음 층에는
누가 살까요?

"이걸
여왕벌님께
전해 줄래?"
"그래.
그런데 몇 층에
살고 계실까?"

"아야야야야…
충치가 생겼어."
"내가 빼 줄게.
조금만 참아. 이얏!"

뱀이
살고 있었습니다.

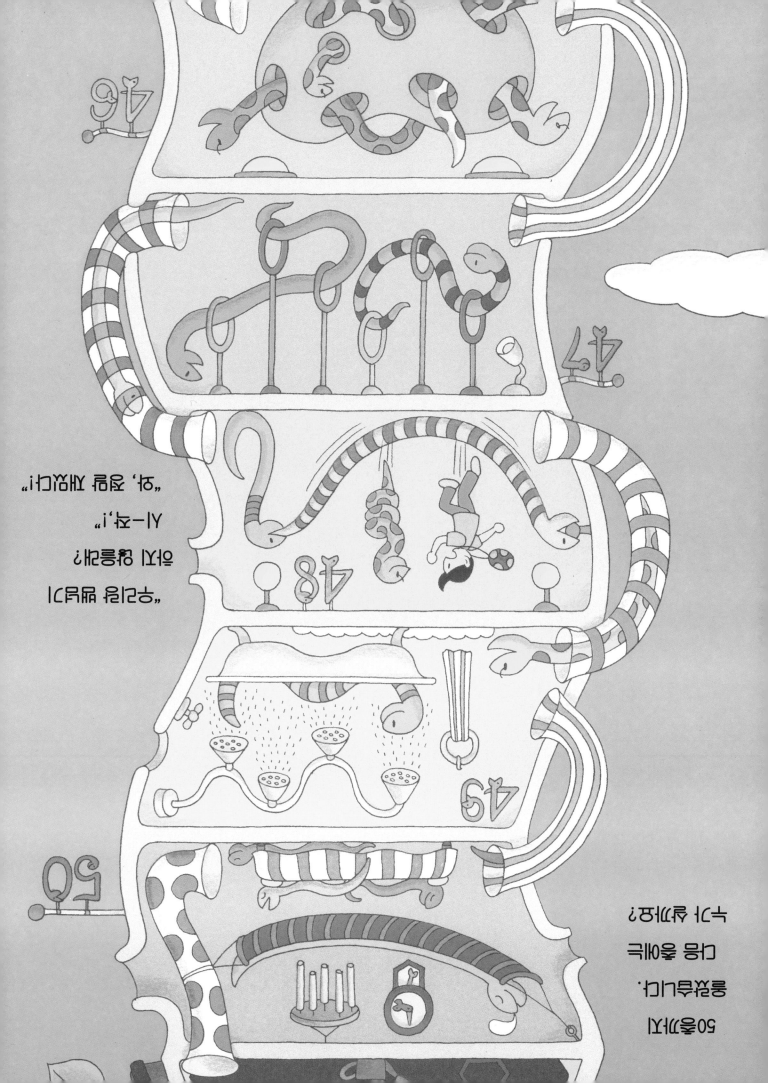

"아, 정말 좋았다!"

"가-자!"

이거 엄청난지?

"우리의 멋쟁이

50층까지

올라갔다.

다음 층에는

누가 살까?

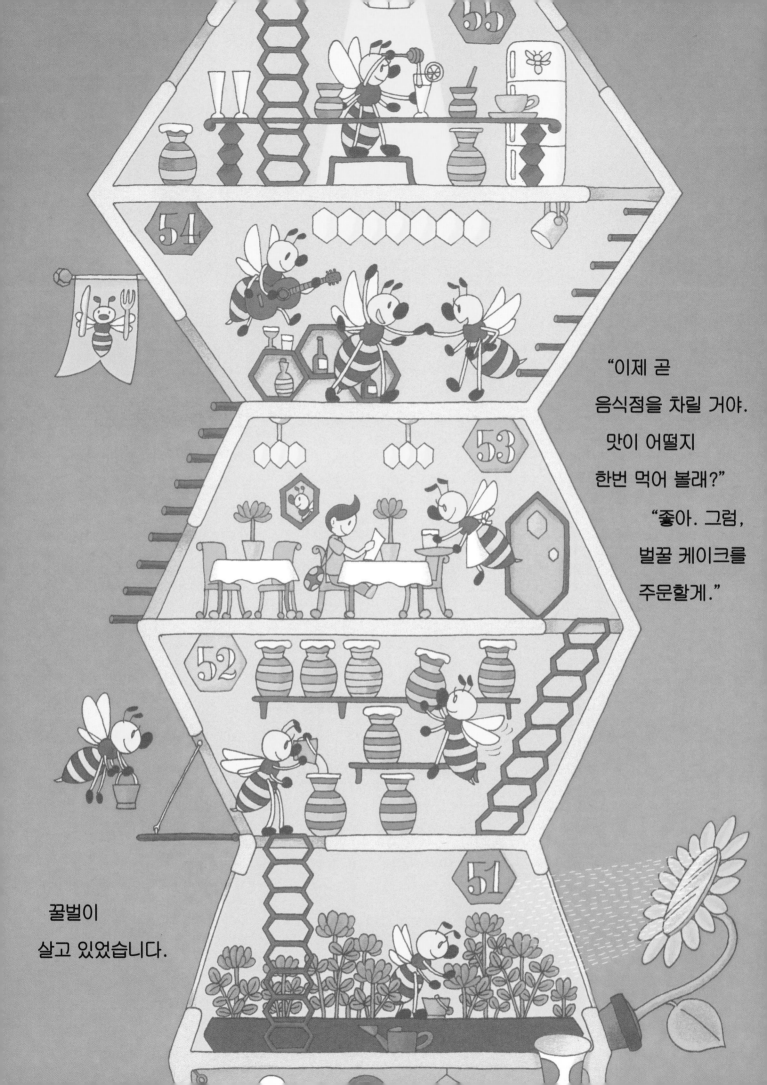

"이제 곧
음식점을 차릴 거야.
맛이 어떨지
한번 먹어 볼래?"
"좋아. 그럼,
벌꿀 케이크를
주문할게."

꿀벌이
살고 있었습니다.

60층까지
올랐습니다.
다음 층에는
누가 살까요?

"여왕벌님!
무당벌레가
선물을 보냈어요."
"아이, 고마워라!
이 목걸이가 정말
갖고 싶었거든."

"조각품을
만들려고 하는데
모델이 돼 줄래?
움직이지 말고
그대로
서 있어야 해."
"설마 이렇게
계속 서 있으라는 건
아니겠지?"

딱따구리가
살고
있었습니다.

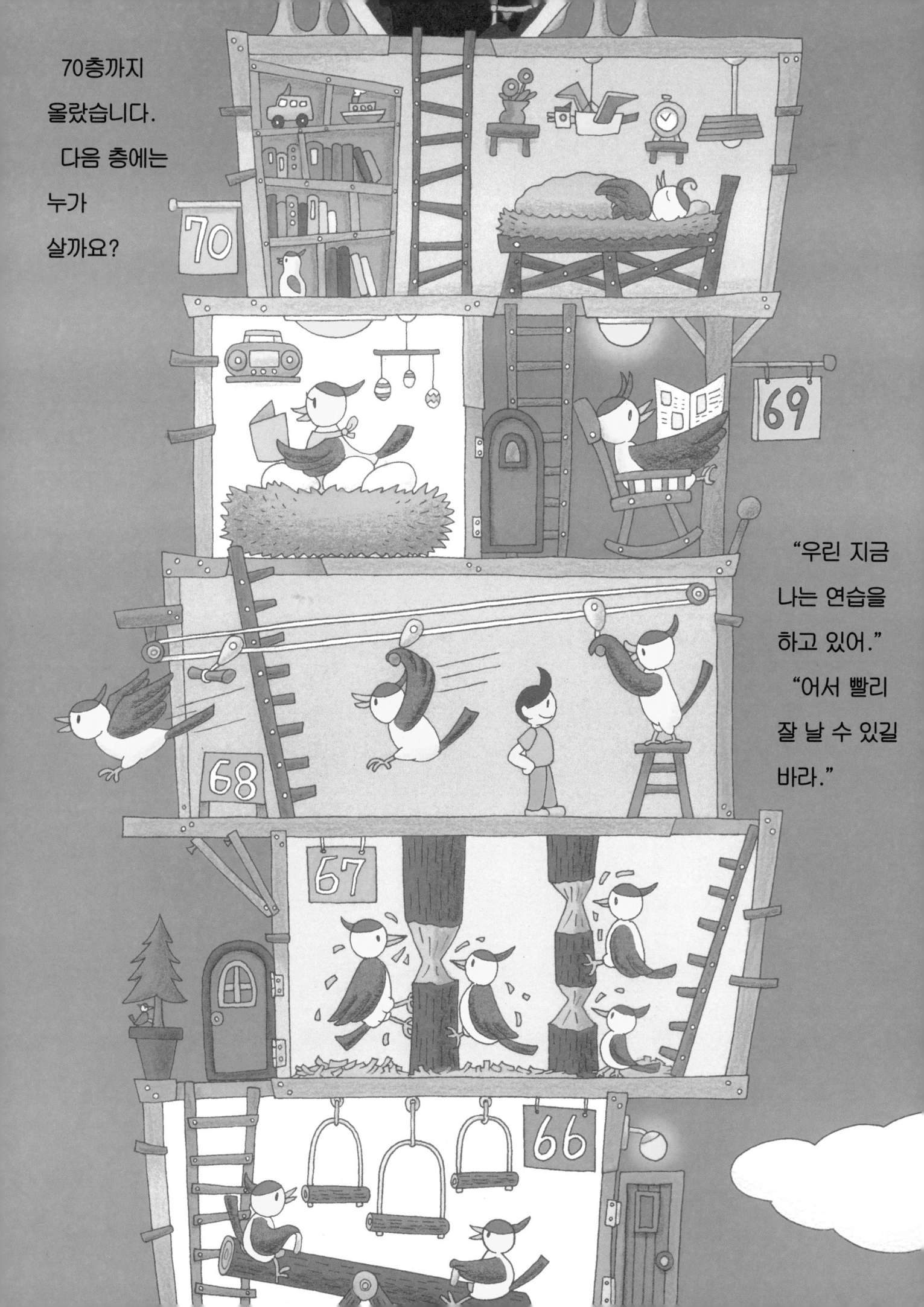

70층까지
올랐습니다.
  다음 층에는
누가
살까요?

"우린 지금
나는 연습을
하고 있어."
  "어서 빨리
잘 날 수 있길
바라."

아! 박쥐였습니다.
"히히히, 네 목에서
피를 좀 빨아도 될까?"
"싫어!"

여기에는…
어? 어두워서
잘 보이지 않습니다.

80층까지
올랐습니다.
다음 층에는
누가 살까요?

"화장실 좀 써도
될까요?"
"위층에 있어.
그런데 너에게
맞을지 모르겠네."

"오늘은
내 생일이야!
오늘 난
첫돌을 맞았어."
"생일
축하해!"

달팽이가
살고
있었습니다.

90층까지
올랐습니다.
다음 층에는
누가
살까요?

"아이스크림
먹고 가렴."
"우와,
진짜 이렇게
해 보고
싶었는데."

"네가
도치구나!
100층에서
널 기다리고
있단다."
"누굴까?
가슴이 막
두근거리네."

거미가
살고
있었습니다.

드디어
100층에
도착했습니다.

"지금
엘리베이터
공사 중이야.
이제 곧
탈 수 있어."
"그럼 모두
편리하게
이용할 수
있겠네."

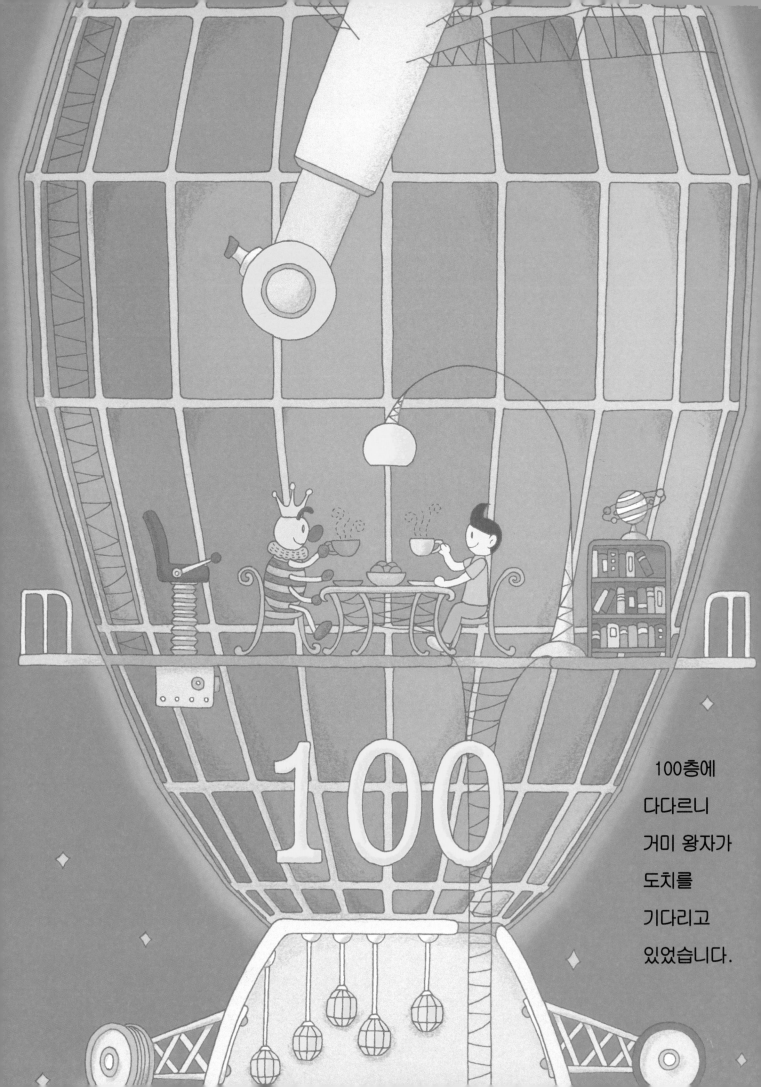

100층에
다다르니
거미 왕자가
도치를
기다리고
있었습니다.

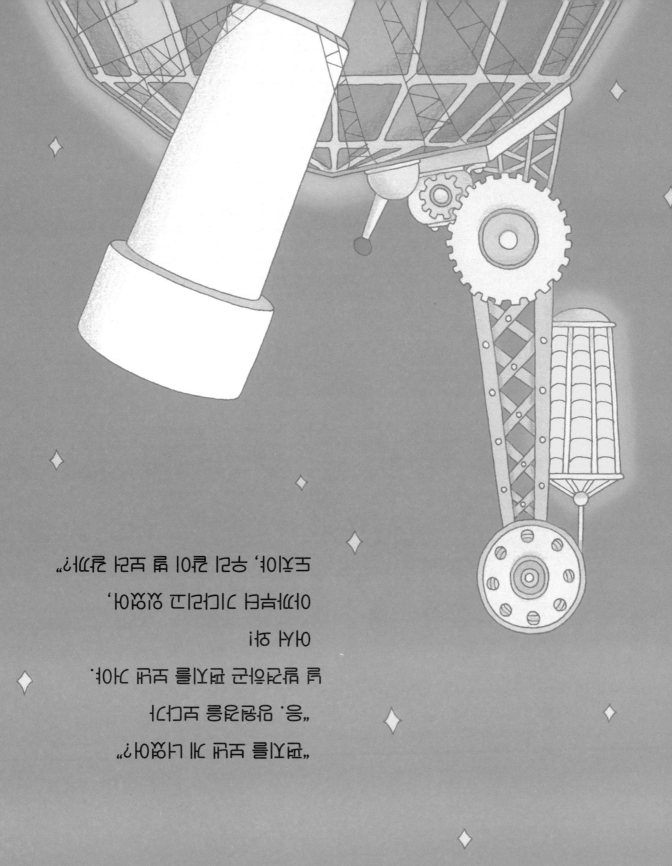

"별자리를 보러 가겠다고?"

"응, 밤하늘을 올려다보면
달 탐험장에서 별자리를 찾지 못해
아쉬운 마음이
여전히 가라앉지 않았어.
그래서, 오늘 꼭 별을 보러 갈까 해."

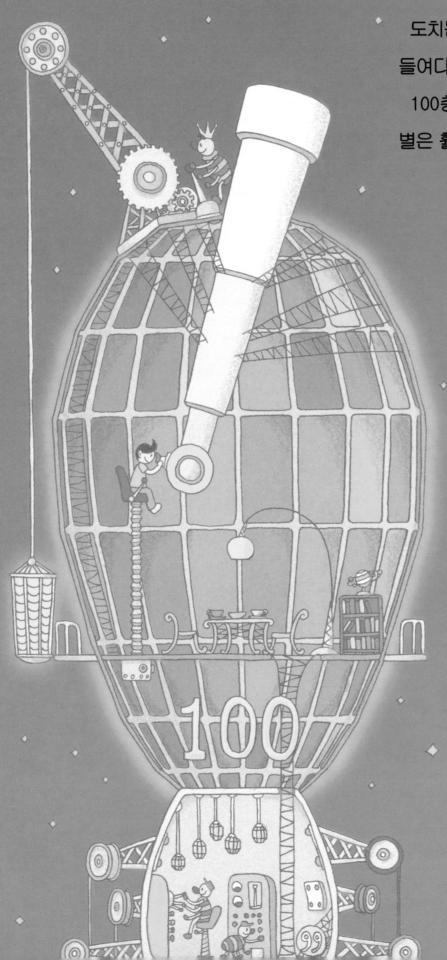

도치는 망원경을
들여다보았습니다.
100층짜리 집 꼭대기에서 보는
별은 훨씬 더 아름다웠습니다.

"저… 도치야,
우리 친구 할까?"
"그래, 좋아!
우리 서로 친구 하자!
다시 별을 보러
와도 되지?"
"그럼.
언제든지 놀러 와."

집으로 돌아갈 때는
막 공사를 마친
엘리베이터를 타고
내려가기로 했습니다.

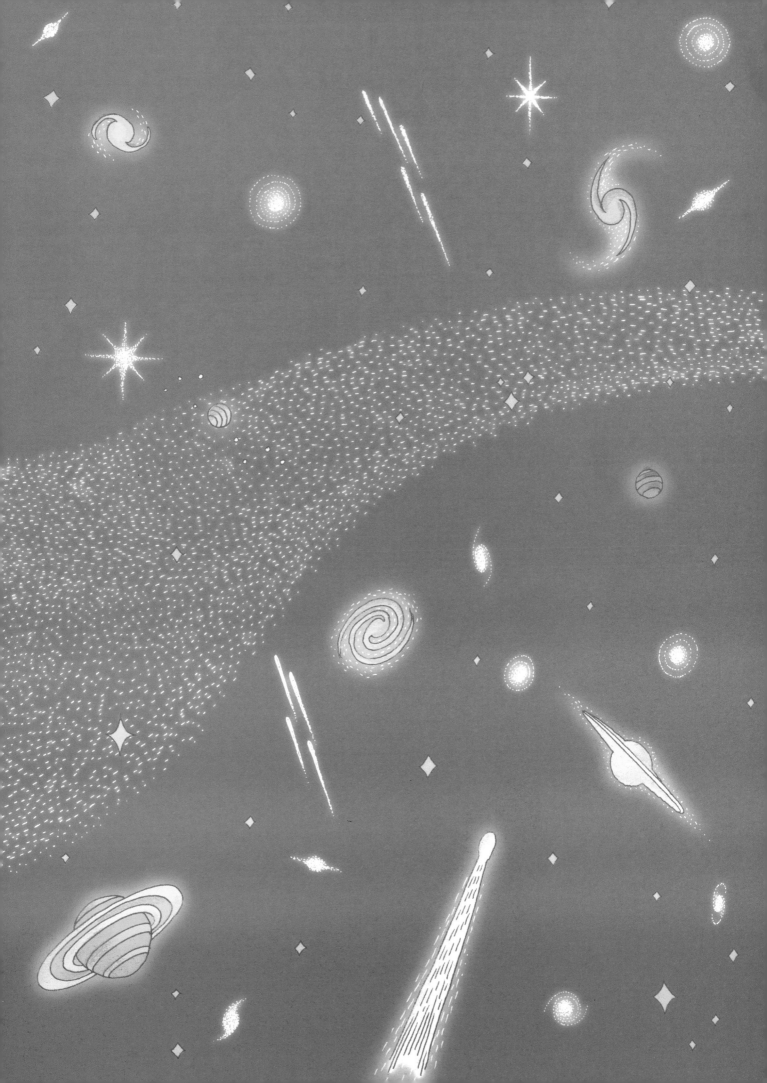

슈-웅!

엘리베이터는 눈 깜짝할 사이에
땅에 닿았습니다.

"안녕! 또 놀러 갈게!"

그렇게 말하면서 도치가 뒤돌아보니
100층짜리 집은
별이 가득한 하늘 저 멀리로
사라져가고 있었습니다.